ROGÉRIO
ANDRADE
BARBOSA

MASHALA

MEU NOME É

ILUSTRAÇÕES
MAURICIO NEGRO

SABERES
E LETRAS

Dados Internacionais de Catalogação na Publicação (CIP)
Angélica Ilacqua - CRB-8/7057

Barbosa, Rogério Andrade
  Meu nome é Mashala / Rogério Andrade Barbosa ; ilustrações de Mauricio Negro. - São Paulo : Saberes e Letras, 2023.
  88 p. : il., color. (Coleção Entremeios)

  ISBN 978-65-84607-11-8

  1. Literatura infantojuvenil 2. Congo (República Democrática) I. Título II. Negro, Mauricio III. Série

23-2114   CDD 028.5

Índice para catálogo sistemático:
1. Literatura infantojuvenil

1ª edição – 2023

Direção-geral: *Ágda França*
Editora responsável: *Andréia Schweitzer*
Assistente de edição: *Fabíola Medeiros*
Coordenação de revisão: *Marina Mendonça*
Copidesque: *Ana Cecilia Mari*
Revisão: *Sandra Sinzato*
Gerente de produção: *Felício Calegaro Neto*
Produção de arte: *Elaine Alves*
Ilustrações e projeto gráfico: *Mauricio Negro*

Nenhuma parte desta obra pode ser reproduzida ou transmitida por qualquer forma e/ou quaisquer meios (eletrônico ou mecânico, incluindo fotocópia e gravação) ou arquivada em qualquer sistema ou banco de dados sem permissão escrita da Editora. Direitos reservados.

Cadastre-se e receba nossas informações
http://www.sabereseletras.com.br
Telemarketing SAC: 0800-7010081

Saberes e Letras
Rua Botucatu, 171 – Vila Clementino
04023-060 – São Paulo – SP (Brasil)
Tel.: (11) 2125-3575
editora@sabereseletras.com.br
© Instituto Alberione – São Paulo, 2023

Dedico este livro, baseado em fatos reais,
às crianças da República Democrática do Congo
e, também, a três congoleses notáveis pela incessante luta
em defesa dos direitos humanos de seu sofrido povo:
ao médico Denis Mukwege, prêmio Nobel da Paz 2018,
e à enfermeira Angélique Namaika, vencedora do prêmio
Nansen para Refugiados 2013, oferecido pela
Organização das Nações Unidas (ONU).
E também à coronel Honorine Munyole, mais conhecida como
Mamam Colonelle, que trabalha para a polícia congolesa,
à frente da unidade de proteção a menores
e de combate à violência contra mulheres.

SUMÁRIO

APRESENTAÇÃO 9

PRÓLOGO 13

CAPÍTULO 1
EM PODER DOS MAI-MAI 15

CAPÍTULO 2
O ORFANATO 37

CAPÍTULO 3
NAS RUAS DE KINSHASA 45

CAPÍTULO 4
PERDAS 53

CAPÍTULO 5
UM SONHO DESFEITO EM CINZAS 61

CAPÍTULO 6
A FORÇA DAS MULHERES 67

EPÍLOGO 85

APRESENTAÇÃO

Apresentar um livro de qualquer autor é tarefa sempre investida de grande importância e, consequentemente, de igual responsabilidade. No caso específico de Rogério Andrade Barbosa, tal tarefa se investe de responsabilidade ainda maior. Nem é exatamente por se tratar de um dileto amigo e companheiro de lutas e peripécias literárias, lá se vão facilmente mais de trinta anos. Talvez pudesse ser, mas nunca seria apenas por conta disso. A grande, porém doce, dificuldade de se falar sobre qualquer obra sua, reside na solidez e inescapável relevância de seu trabalho.

Autor de mais de uma centena de obras voltadas para a literatura infantojuvenil, meu grande amigo e autor transformou-se sem favor algum no mais notável cronista e narrador da cultura e história dos incontáveis povos do continente africano, e isso bem antes da promulgação das conhecidas leis que estabelecem a obrigatoriedade em nossas escolas e quando poucos se dedicavam a esse tão necessário quanto (ainda hoje) incompreendido empreendimento. *Meu nome é Mashala*, este seu mais recente livro, é mais um excelente exemplo dessa dedicação e permanente interesse. Abandonando momentaneamente a cultura e o rico folclore, do qual é inquestionável mestre e conhecedor, enverada pela atualidade de conflitos e complexidades da África contemporânea.

Situado na República Democrática do Congo, mas parte do cotidiano de outros países do continente (realidade desconcertantemente parecida a que atingiu recentemente e sob forma de tragédia o Quênia), *Meu nome é Mashala* dá rosto e visibilidade ao drama de crianças acusadas de bruxaria por seitas lideradas por criminosos que, valendo-se da religiosidade, estabelecem clima de permanente intolerância e terror em comunidades inteiras.

Tristemente atual, não apenas no continente africano mas em outras partes do mundo, esta obra é leitura imprescindível que amplia nosso conhecimento sobre a África, mas se investe de importância ainda maior quando compreendemos que, em amplos aspectos, a África somos nós, tanto em sua exuberância cultural quanto em seus múltiplos dramas humanos e sociais.

Júlio Emílio Braz

WÁ WÁ WÁ WÁ
EH! MWÂNÁ NDILA
WÁ WÁ WÁ
EH! MWÂNÁ NDILA ÉH MAMÁ*

(NÃO CHORE, MINHA CRIANÇA / MAMÃE ESTÁ AQUI)

* ACALANTO TRADICIONAL CONGOLÊS

PRÓLOGO

"Bruxa, eu?", questionava-se a menina, não entendendo a acusação que havia sido imposta a ela. "O que foi que eu fiz?", perguntava a si mesma, em desespero, esmurrando a porta do cubículo onde fora trancafiada.

Fazia horas que ela havia sido jogada na cela abafada e escura. Tanto que perdera a noção do tempo. O calor, a sede e a fome consumiam suas forças, deixando-a cada vez mais enfraquecida.

"O que será que vão fazer comigo?", delirava em voz alta, sozinha, numa cidade imensa e desconhecida, tão distante da aldeia em que nascera.

As pessoas que a julgaram, baseadas em crenças disseminadas por falsos profetas das centenas de templos espalhados pelos bairros pobres de Kinshasa, capital da República Democrática do Congo, apontavam seus dedos, principalmente, para menores frágeis e indefesos iguais à angustiada prisioneira. De acordo com seus inquisidores, a partir da acusação de feitiçaria, ela deixava de ser considerada uma criança. Era, assim, uma *ndoki*. Sujeita, portanto, a todo tipo de castigo, maldade e abandono.

"*Ndoki, ndoki*, bruxa, bruxa..." Eram as palavras que não saíam de sua cabeça.

Mesmo assim, num esforço supremo, ela bradava para as paredes nuas:

– Meu nome é Mashala. Meu nome é Mashala...

CAPÍTULO 1

EM PODER
DOS MAI-MAI

Mashala lembrava-se perfeitamente da manhã em que ela e o irmão mais velho foram raptados. Era um dia como outro qualquer em sua aldeia. Os dois brincavam tranquilamente à beira do rio Congo, quando ouviram os primeiros disparos ecoando pelo ar.

– Corram! – avisou a mãe, retornando às carreiras da plantação de milho.

Antes que compreendessem o que estava acontecendo, foram cercados por um bando de garotos entre dez e catorze anos, portando fuzis. Milicianos infantis recrutados à força por rebeldes contrários ao Governo, famosos por sua crueldade. Alguns carregavam arcos e flechas. As pontas das setas, banhadas em poções feitas com ervas venenosas, causavam tantos estragos quanto os projéteis de um rifle. Todos usavam tubos de mangueiras de plástico enrolados em torno do pescoço, nos quais penduravam torneirinhas de metal. Os jovens recrutas, conhecidos como Mai-Mai, acreditavam que os amuletos, por sua magia, tornavam seus corpos invisíveis e à prova de balas.

Os rostos pintados de listras brancas e os chapéus de cone alto, enfeitados com folhas de árvores e tufos de capim, complementavam a aparência assustadora. Atrás do medonho pelotão, dando ordens a torto e a direito, marchava um grupo de homens uniformizados, armados até os dentes.

Os invasores não estavam de olho nos silos de argila abarrotados de grãos. Muito menos no rebanho de cabras dos aldeões. A atenção dos abutres estava voltada, na verdade, para uma presa maior: as crianças do lugarejo. Aos empurrões, puseram-se a separar os meninos e meninas que tinham idade aproximada à dos ferozes soldadinhos.

– Andem, andem! – gritavam os Mai-Mai, enquanto os guerrilheiros adultos rendiam o restante da população.

– Queimem tudo! – ordenou o barbudo líder, erguendo a AK-47 de cano prateado para o alto.

Foi a última vez que Mashala e Musimba viram seus parentes. Pais, avós, tios e demais habitantes da povoação foram tangidos, como se fossem bois destinados ao abate, para um matagal atrás das casas em chamas.

Os rolos espiralados de fumaça que começavam a se alastrar, borrando o céu de tristeza, decretavam o final da trágica manhã. Logo, os pedidos de clemência e o choro dos bebês às costas das mães foram abafados por uma rajada de balas, seguida por um profundo silêncio.

II

Sequestradores e sequestrados caminharam dias e noites, numa marcha forçada, mata adentro. Os rebeldes mais agressivos eram os aprendizes de guerrilheiros. Os meninos, que mal aguentavam carregar as pesadas armas que traziam cruzadas nos peitos mirrados, cutucavam e batiam a todo instante nas costas dos prisioneiros com as coronhas das AK-47.

– Vamos, vamos! – apressavam aos berros.

Mashala, embora mal tivesse completado onze anos, sabia o futuro que a aguardava. Meninas da sua faixa etária eram um dos alvos preferidos dos guerrilheiros que atacavam constantemente as aldeias no interior do país. Enquanto ela não tivesse idade para casar, serviria certamente como escrava a seus captores. Quanto ao irmão, o destino de Musimba estava traçado também: seria treinado e incorporado ao exército de guerrilheiros mirins, mesmo contra a sua vontade e tendo somente doze anos.

Todos os dias, ela e as outras garotas, escoltadas por um nervoso soldadinho, ajudavam nos pequenos afazeres. Catavam galhos secos para as fogueiras, buscavam água nas fontes, limpavam os pratos de alumínio barato e, às vezes, lavavam e torciam os uniformes encardidos dos homens de ar enfezado. Quanto às roupas dos Mai-Mai, não passavam de trapos, que eles raramente tiravam dos corpos suados.

Ao anoitecer, após uma breve refeição, dormiam ao relento, separadas dos garotos de sua aldeia. Esses, com as mãos atadas, viviam permanentemente sob a mira das armas dos pequenos soldados.

As meninas que eram um pouco mais velhas do que Mashala, vez ou outra, eram levadas para as barracas dos guerrilheiros adultos. No outro dia saíam de lá com marcas nos braços, cara de choro e cabeça baixa, sem querer falar com ninguém.

Assim que o sol raiava, tornavam a marchar por trilhas abertas a golpes de facões por uma região que parecia ter sido dizimada por uma praga de insetos. Mashala, para onde quer que olhasse, deparava-se com um raio de destruição e abandono: povoações fantasmas, hortas arrasadas, carcaças de animais domésticos apodrecendo ao sol...

Os guerrilheiros, nos primeiros dias de andança, pareciam preocupados. Com os dedos nos gatilhos, olhavam para os lados, como se temessem cair a qualquer hora em uma emboscada. Porém, à medida que penetravam em território conhecido, foram, aos poucos, baixando a guarda. As aldeias devastadas logo deram espaço a zonas habitadas, nas quais os milicianos eram recebidos com as devidas honrarias e presenteados, frequentemente, com garrafões de cervejas caseiras feitas de milho ou de banana.

Daí em diante, quando os rebeldes acampavam, ficavam conversando e rindo em voz alta relaxadamente ao redor das fogueiras, bebendo e fumando cigarros que os deixavam de olhos vermelhos e arregalados. Foi numa dessas noitadas, quando todos, inclusive as sentinelas, dormiam pesadamente, que o acampamento foi atacado. De uma hora para outra, o chão começou a tremer com o impacto dos morteiros que riscavam o céu como se fossem astros incandescentes. Os guerrilheiros, atordoados, corriam de um lado para o outro, em meio às vozes desencontradas de comando e o troar das armas automáticas.

O chefe dos bandoleiros, de fuzil em punho, tentava controlar, sem êxito, o pandemônio que se havia instalado na base:

– Apaguem as fogueiras! Apaguem as fogueiras! – rogava a plenos pulmões, tentando enxergar através da névoa de fumaça que a pólvora queimada deixava no ar.

O matraquear das metralhadoras e as explosões de granadas provocaram, de imediato, inúmeras baixas entre os milicianos. Os gemidos dos combatentes e os pedidos de socorro misturados ao assobiar das balas traçantes produziam uma sinfonia sinistra. Os dois lados combatiam quase às cegas, atirando em qualquer vulto que se mexesse.

A debandada foi geral. As crianças sequestradas escondiam-se onde podiam, abaixando-se ou rolando pela grama para se protegerem do intenso tiroteio.

Mashala, tapando os ouvidos com as mãos, agachou-se atrás do primeiro tronco que encontrou e ali permaneceu, imóvel, quase sem respirar. Levantou-se apenas quando a batalha cessou de vez.

A escuridão era tanta, que desistiu de procurar Musimba. "Talvez ele tenha corrido para a mata", pensou. Sem outra opção, fez o mesmo.

Mashala enfiou-se pela selva escura, tateando em meio a arbustos espinhentos e árvores gigantescas. Raízes, longas e grossas como o corpo de uma jiboia, faziam com que ela tropeçasse a cada passo. Os dedos e a sola dos pés descalços eram os que mais sofriam, sangrando devido às numerosas topadas.

A todo o momento, imaginava, poderia ser atacada e devorada por um animal selvagem. Temia, especialmente, os leopardos. Os silenciosos felinos, graças à visão privilegiada, caçavam sempre à noite.

Entretanto, o medo principal que a movia adiante era motivado por outro predador: o ser humano. Esse, sim, era o mais cruel e impiedoso de todas as espécies.

Durante o dia, aplacava a fome com as frutas que encontrava, observada, de vez em quando, por bandos de curiosos *bonobos*, chimpanzés-pigmeus brincalhões. Água, embora nem sempre fosse limpa, havia à vontade. Mesmo assim, antes de se debruçar nas beiradas do Congo, verificava se não havia crocodilos nas proximidades. Um tronco semienterrado na lama ou boiando submerso no imponente rio nem sempre era o que parecia ser. De uma hora para a outra, a falsa tora poderia mover-se e dar um bote mortal.

Graças aos trinados dos pássaros do mel, localizava as árvores onde havia colmeias. Conforme uma história que sua mãe lhe contara, essas avezinhas alertavam os homens sobre a presença da morada das abelhas, tudo por causa de uma briga que haviam perdido para as donas de ferrões que queimavam como fogo.

Com uma pedrada certeira, ela derrubava os saborosos favos. Depois, abrigava-se embaixo de grandes folhas para se proteger dos furiosos enxames. Enquanto mastigava os pedacinhos adocicados recolhidos no chão, lembrou que na sua aldeia havia coletores especializados nesse serviço que pareciam ter a pele imune às ferroadas.

Mashala, por mais pavor que tivesse do escuro, evitava caminhar à luz do sol. Durante a maior parte do dia, permanecia entocada como se fosse um tatu. Andava, mesmo quase sem enxergar um palmo à frente, tão logo a noite começava a cobrir a floresta.

O farfalhar das folhas se agitando ao vento e o rosnar das feras ocultas entre as trevas a deixavam em polvorosa. Ilusória ou não, a sensação de estar sendo observada por um ameaçador par de olhos brilhando entre as densas ramagens a mantinha num estado angustiante de tensão. Além de tudo, aprendera desde cedo que a selva não era povoada apenas por seres visíveis ao olho humano, mas também por forças poderosas e invisíveis. Ou seja, pelos espíritos da floresta.

Em busca de uma saída através do matagal infinito, zanzou sem rumo, picada, sem tréguas, por nuvens de mosquitos vorazes que atormentavam suas noites. Os pés machucados a incomodavam demais. Amenizava a dor apoiando-se nos calcanhares. Para prosseguir, improvisou um par de muletas, quebrando dois galhos compridos em forma de forquilhas.

O labirinto de folhagens, afinal, rendeu-se a uma extensa savana. Sentindo-se mais segura, Mashala passou a andar quando o sol despontava no horizonte, evitando as aldeias que, de tempo em tempo, avistava.

IV

Dias depois, enquanto descansava à sombra de uma árvore, Mashala escutou a voz de um homem, ao longe, gritando em lingala:

– Vamos! Deixem de ser molengas e peguem logo os sacos.

A garota, tomando cuidado para não ser descoberta, esgueirou-se por entre as moitas até chegar à borda de uma cratera. No interior do imenso buraco cavado na terra, repleto de pedras de todos os tamanhos, meninos e meninas da idade dela andavam para lá e para cá com pesados sacos aos ombros. Outras crianças, mais novas ainda, sob a severa supervisão de guardas que as tratavam aos berros, separavam as pedras menores antes de elas serem ensacadas.

"O que será que estão recolhendo?", questionou-se Mashala. Nisso, sentiu uma mão tocar em seu ombro.

– O que você está fazendo aqui? – perguntou um garoto, coberto de lama dos pés à cabeça, o qual devia ter no máximo dez anos.

– Eu me perdi no mato e vim parar por essas bandas sem querer – respondeu Mashala, após se recuperar do susto. – Que lugar é este?

– Uma mina de cobalto.

– Cobalto? – repetiu ela, sem entender o significado da palavra. – Você trabalha aqui?

– Sim.

– E para que servem aquelas pedras? – tornou a perguntar Mashala, apontando para o bando de carregadores mirins.

– Você sabe o que é um celular?

– Sei. Os professores da minha escola tinham esses aparelhos. Eu e meu irmão, para imitá-los, fazíamos telefones de barro pra brincar – lembrou a fugitiva.

— As pedras que carregamos, segundo me contaram, valem muito e são usadas, entre outras coisas, para fazer baterias de celulares — explicou o garoto.

— Ah, entendi. Quer dizer, mais ou menos.

— Acho melhor você ir embora o quanto antes — aconselhou o menino. — Senão os capatazes da mina vão lhe obrigar a trabalhar pra eles. Preferem empregar crianças, pois assim pagam salários menores... uma miséria que não dá pra nada. O pior é quando nos obrigam a entrar nos túneis estreitos. Vários de meus amigos morreram soterrados — relatou o pequeno minerador.

— E por que você não foge?

— Impossível. Meus pais trabalham ali também e dependem da minha ajuda. Eu só me afastei pra fazer xixi.

— Que pena.

— Tenho de ir agora, pois não posso me demorar mais — despediu-se ele, retornando às pressas para o trabalho que sugava a sua vida de forma cruel e desumana.

V

Mashala, após deixar a mina de cobalto para trás, manquitolou durante horas intermináveis até se deparar com uma estrada larga de terra. As marcas de pneus pelo solo, observou, eram recentes. Não demorou a ouvir o ruído de um carro se aproximando. Instintivamente, saltou para uma valeta à margem do caminho. Segundos depois, caminhões com milicianos armados passaram a toda velocidade.

Teve medo de pedir ajuda. Preferiu esperar os combatentes se afastarem. Só então saiu de seu refúgio. Apoiada nos pedaços de pau, com uma das pernas levantada igual a uma garça, voltou a caminhar. Entardecia quando o roncar de vários motores fizeram-na esconder-se novamente.

Desta vez eram muitos veículos e vinham bem devagar. A bordo das barulhentas máquinas, homens brancos, de capacetes azuis. Todos os carros, percebeu, traziam as letras UN gravadas nas laterais dos blindados. Mesmo uma menina como Mashala, nascida numa aldeia perdida no mapa, sabia que a sigla identificava as tropas internacionais que tinham sido enviadas de terras distantes para instaurar a paz no país.

Animada, tomou coragem e, apoiando-se nas muletas, postou-se no meio da estrada. E ali permaneceu como uma estátua, de braços abertos, bloqueando a passagem do comboio armado.

VI

Mashala nunca havia visto pessoas tão altas e claras como as que saltaram dos carros. Os únicos brancos com quem tivera contato até então, antes de eles serem expulsos pela guerrilha, eram os padres italianos da escola primária de sua província. Os religiosos, no entanto, tinham um tom de pele mais escuro e as cabeças e barbas cobertas de fios negros. Bem diferente dos de capacetes azuis. Esses possuíam olhos da cor do céu e cabelos que pareciam espigas de milho maduras.

O militar mais velho, com estrelinhas douradas no bolso da camisa, desceu do carro que ia à frente do comboio e foi, em passadas largas, em direção à Mashala.

– *Parlez-vous français?* – perguntou ele.

Mashala, apesar de ter aprendido um pouco de francês, a língua oficial do país, permaneceu em silêncio. O seu idioma natal, entre as centenas de idiomas e dialetos falados no Congo, era o lingala.

O oficial que comandava o batalhão formado por soldados europeus, vendo que a jovem não o entendia, fez um aceno para o intérprete, que era um dos poucos negros da tropa. Enquanto aguardava o subordinado, tirou o cantil preso no cinturão e deu um pouco de água para a garota.

– Procure saber de onde ela é e como veio parar aqui sozinha – ordenou, sensibilizado com o estado deplorável de Mashala. A menina de cabelos curtos, repartidos em pequenas tranças, estava pele e osso. Pernas e braços, lacerados. O vestido, em frangalhos. A sola dos pés, em carne viva.

O congolês perguntou primeiro em swahili, depois em tshiluba e em kikongo. Como a menina continuava a dar mostras de não o estar compreendendo, tornou a perguntar, desta vez em lingala.

Mashala, aliviada, abriu um sorriso e pôs-se a falar rapidamente.

– O nome da garota é Mashala – explicou o tradutor. – Contou que fugiu dos guerrilheiros que destruíram a aldeia em que vivia. Foi capturada junto com o irmão, mas só ela conseguiu escapar.

O comandante, satisfeito com a resposta, anotou o nome da fugitiva em uma caderneta.

– Afinal, disse onde morava ou não?

– Sim, mas não sabe explicar a distância nem a direção, pois faz dias que está caminhando pelo mato. Por isso, além das feridas pelo corpo, está com os pés bastante machucados. Mas talvez não seja verdade. Hoje, falam uma coisa. Amanhã, outra. Ah, e também pode ser uma espiã – enfatizou o acusador. – Os rebeldes costumam se utilizar de menores iguais a essa menina para obter informações.

– Obrigado! – limitou-se a dizer o oficial, não dando ouvidos aos comentários. A seguir, chamou o enfermeiro dos capacetes azuis para que prestasse os primeiros socorros à menina.

O soldado, com o auxílio do intérprete, pediu que Mashala se sentasse no estribo lateral de um dos carros. Depois, abriu a maleta que tinha nas mãos e pôs-se a tratar dos ferimentos, dedicando um cuidado especial aos pés da trêmula paciente.

– Calma, calma. Não vai doer – dizia o tradutor, enquanto a menina se esforçava para controlar as lágrimas que insistiam em descer por seu rosto.

O enfermeiro, assim que terminou de fazer os curativos, virou-se para seu superior e perguntou:

– E agora? O que vamos fazer com ela?

– Acredito que a melhor solução seja deixá-la aos cuidados dos Médicos Sem Fronteiras. A base deles fica próxima daqui. – Vamos embora! – comandou o oficial, subindo no jipão blindado.

VII

O acampamento onde os soldados deixaram Mashala era lotado de tendas brancas. Centenas de refugiados, aglomerados à porta da barraca que servia de enfermaria, aguardavam, em longas filas, a hora do atendimento.

Os doutores e as enfermeiras, das mais diversas nacionalidades, atarefados, multiplicavam-se para atender o grande número de pacientes, correndo de um lado para o outro.

A primeira coisa que a pediatra fez, antes de examinar Mashala, foi dar-lhe um abraço carinhoso. Um gesto simples, mas de grande significado para a menina. E melhor ainda. A mulher, alta e loira, de olhos azuis, iguais aos dos soldados estrangeiros, sabia falar lingala.

A médica, após os exames de rotina, pediu a uma enfermeira congolesa que providenciasse comida, roupas novas e chinelos para a garota e, o mais importante, um par de muletas de verdade.

– Essa menininha, tirando os pés, está muito bem. Só um pouco debilitada e desnutrida – comentou com um colega australiano, enquanto checava a ficha com as informações que o oficial dos capacetes azuis havia lhe repassado.

A doutora que tratou Mashala com tanto zelo era sueca e se chamava Johana. Embora fosse bem jovem, já havia atuado, pelos Médicos Sem Fronteiras, em vários países ao redor do mundo. Fazia três anos que estava na República Democrática do Congo. Poliglota, além de francês e inglês, dominava o lingala com perfeição. No entanto, por mais veterana que fosse, ainda se emocionava com o sofrimento das crianças com quem lidava diariamente.

Johana viera para o Congo após ler uma reportagem sobre uma enfermeira e religiosa congolesa chamada Angélike Namaika, vencedora do prêmio da ONU para refugiados de 2013. Uma irmã corajosa, que, em sua velha bicicleta, percorria o interior do devastado país atendendo a mulheres vítimas de violência.

Essa matéria jornalística fora a motivação principal da presença da sueca em terras africanas. E dali não saiu, por mais dura e perigosa que a vida fosse.

VIII

Mashala, desde o dia em que chegou ao acampamento, em vez de ficar com as outras crianças que se divertiam brincando de roda ou de pular corda, não desgrudava da médica. Primeiro, por sua timidez. Segundo, porque ainda estava adaptando-se ao novo par de muletas. E terceiro, por não entender boa parte dos idiomas que os coleguinhas falavam. Preferia, por isso, rondar a tenda da enfermaria, observando, do lado de fora, o trabalho da pediatra.

Johana, sempre que podia, retribuía o afeto da menina. Nos breves momentos de folga, dedicava atenção especial a Mashala, querendo saber mais detalhes sobre a vida da pequena refugiada. Se pudesse, adotaria a garota, do mesmo modo como pensara fazer com tantas outras órfãs que haviam passado anteriormente por suas mãos. Era solteira. Não tinha filhos. Casara-se, como dizia aos amigos, com a medicina.

Contudo, embora não concordasse com as rígidas normas profissionais e por mais que lhe doesse o coração, entendia que não devia envolver-se afetivamente com seus pacientes. A sua missão era salvar vidas. Porém, tinha convicção de que, por mais que se esforçasse, não conseguiria mudar o mundo. Perdera as contas das guerras que presenciara. Bastava um conflito terminar, para outro estourar em algum canto do planeta, numa matança infindável. O bicho homem, indignava-se a doutora, permanecia o mesmo há séculos, incapaz de aprender com as lições do passado.

IX

Mashala dormia numa tenda pequena, reservada para as meninas que não tinham um parente que se responsabilizasse por elas. Ali, elas se amontoavam nos colchonetes individuais dispostos em filas simétricas no chão. Rara era a noite em que conseguia pegar direito no sono. Devido aos choros e gemidos constantes à sua volta, custava a adormecer. Muitas das crianças, apesar de medicadas, tossiam como velhos que passam a vida fumando cachimbos. Outras deliravam, febris, sob os efeitos provocados por constantes ataques de malária. Insone, Mashala ficava rolando de um lado para o outro, pensando nos pais, no irmão... Às vezes, quando a saudade apertava, parecia escutar a mãe cantando para ela:

Wá wá wá wá
Eh! mwâná ndila éh mamá
(Não chore, minha criança/ Mamãe está aqui).

Ao amanhecer, entrava numa fila para receber a ração de comida, estranha e sem gosto, servida em pratos de metal. O leite, entregue em canecas de alumínio, feito com um pó branco guardado em grandes latas, não se comparava com o sabor do que era extraído em sua aldeia, quentinho, das tetas das cabras.

Foi numa dessas manhãs que os guardas congoleses do acampamento, aflitos, deram o alarme:

— Guerrilheiros! Guerrilheiros! — avisaram, ao ver a nuvem de poeira levantada por meia dúzia de caminhonetes grandonas.

Johana, preocupada com a segurança dos menores, chamou as enfermeiras e foi logo lhes dando instruções:

— Reúnam as crianças, depressa, no ambulatório.

A equipe médica, por sua vez, postou-se em frente à barraca principal, formando uma corrente humana. Veteranos, estavam acostumados a lidar com situações semelhantes. Os milicianos, por mais ousados que fossem, respeitavam o trabalho dos estrangeiros.

A calma nesses momentos cruciais era essencial. Qualquer gesto em falso poderia provocar uma carnificina. Os veículos dos rebeldes, dotados de metralhadoras antiaéreas, estacionaram um a um no pátio central. Um homem baixo, de óculos escuros e casaco camuflado, com uma boina enterrada até as orelhas, foi o primeiro a descer.

— Seja bem-vindo! — cumprimentou, em francês, o médico chefe. — Em que posso ajudar? — perguntou, dirigindo-se ao líder da milícia.

— Tenho um presentinho pra vocês — anunciou o baixote, com um ar irônico, fazendo sinal para que seus guarda-costas trouxessem cinco meninos, ensanguentados, contorcendo-se em dores. — Íamos deixá-los no lugar onde caímos numa emboscada. Mas nossos espiões avisaram que o acampamento de vocês era bem perto. Daí, resolvemos trazê-los pra cá.

— Fizeram bem — assentiu o médico.

– Além dos Mai-Mai, tenho alguns homens que precisam ser medicados o mais rapidamente possível, já que não podemos demorar muito.

– Não se preocupe. Todos serão atendidos, inclusive você – respondeu o médico, indicando o braço enfaixado do guerrilheiro. – Mas primeiro as crianças. Tragam as macas! – ordenou com voz firme aos enfermeiros.

– Podem ficar com os Mai-Mai, eles não servem pra mais nada agora – disse o homenzinho friamente. – E, antes que me esqueça, precisamos de água e comida também – exigiu o comandante do grupo armado.

– Vamos lhe fornecer o que for possível. Agora me dê licença – esquivou-se o médico, virando-lhe as costas.

No fim da tarde, os guerrilheiros partiram carregando dezenas de caixas com latas de ração e galões de água. Para trás, deixaram os cinco Mai-Mai que se haviam tornado inúteis para eles, como se fossem peças descartáveis, baratas e de fácil substituição.

Os pequenos combatentes, que iam de peito aberto à frente das tropas rebeldes, eram sempre os primeiros a cair nas batalhas travadas contra as forças do Governo. Usados como buchas de canhão, confiavam cegamente em seus *jujus*, amuletos que, para eles, os tornavam imbatíveis.

Mashala, que observava tudo ao lado dos outros refugiados, torcia para que seu irmão não fosse um dos garotos feridos que haviam chegado. Musimba, felizmente, não era nenhum dos meninos que passaram por ela carregados em padiolas. Além disso, certificou-se: o chefe dos rebeldes não era o mesmo que liderara o ataque à sua aldeia. As botas pesadas do chefe e de seus comandados adultos, ela notou, contrastavam com os chinelos de dedo baratos, usados por seus soldadinhos.

— Voltem para suas tendas — disse uma das enfermeiras, pedindo que as crianças se afastassem.

Mashala, porém, tinhosa do jeito que era, não arredou o pé da porta da enfermaria. Ficou de plantão até a doutora Johana sair com o jaleco manchado de nódoas vermelhas.

— Posso ver os garotos? — perguntou.

— Lógico que não. Acabaram de ser operados. Por quê? Conhece algum deles?

— Não, mas talvez eles saibam o paradeiro do meu irmão.

— Reconheceu ao menos o chefe do grupo ou qualquer outro dos rebeldes?

— Não.

— Preste atenção, Mashala. Há dezenas de grupos rebeldes atuando por todo o país. Esses que invadiram o nosso acampamento hoje cedo, pelo que pude apurar, estavam aquartelados há mais de um mês na fronteira com a Zâmbia. Portanto, não são quem imagina que seja.

— Como estão os meninos? — preocupou-se Mashala. Por mais raiva que tivesse dos pequenos rebeldes, no fundo de sua alma sentia pena dos Mai-Mai. Afinal de contas, eram da idade de Musimba. Qualquer um deles, amargurava-se, poderia ser o seu irmão.

— Fizemos o que podíamos. Amanhã uma ambulância irá levá-los pra um hospital em Kinshasa. Agora, trate de dormir.

Boa noite! – despediu-se a médica, exausta e ansiosa para descansar um pouco.

– Boa noite! – resmungou Mashala.

Semanas depois, quando já conseguia andar sem o auxílio de muletas, Mashala acordou com o ruído de caminhões adentrando a base dos Médicos Sem Fronteiras.

"Os guerrilheiros devem ter voltado!", foi a primeira coisa que pensou, antes de abandonar o dormitório com as outras meninas.

Não eram os rebeldes, mas um comboio militar composto por soldados do exército congolês. A inesperada chegada das tropas governamentais, de qualquer modo, provocou uma grande agitação no acampamento. Médicos e funcionários, com o auxílio dos guardas, esforçavam-se para acalmar e organizar os refugiados, encaminhando-os para os veículos que iam estacionando um após o outro.

– Vamos, vamos! – orientavam, ajudando-os a subir com seus poucos pertences nas carrocerias dos pesados caminhões.

Os feridos mais graves, muitos com os fios dos tubos de soro ainda presos aos braços, eram carregados em macas para ambulâncias pintadas com grandes cruzes vermelhas.

– As meninas pra cá! – chamavam as enfermeiras, tentando agrupá-las.

Mashala, ao avistar Johana, ignorou os apelos e correu em direção à médica.

– O que está acontecendo? – perguntou.

– Temos de ir embora imediatamente.

– Por quê?

– Parece que detectaram a presença de uma grande quantidade de guerrilheiros perto daqui.

– E para onde vão nos levar? – tornou a perguntar Mashala.

– Você e as outras meninas que estão sozinhas vão ser transferidas para orfanatos em Kinshasa.

– Orfanatos? – questionou a menina. – O que é isso?

– São casas para crianças que não têm família.

– Mas eu tenho família! – retrucou Mashala, que não perdera a esperança de rever os parentes.

– Eu sei – disse Johana. – Mas, enquanto seus pais não forem localizados, você precisa de um lugar pra ficar.

– Não, eu não quero ir – negou-se, agarrando-se à sua protetora.

A doutora, sem perder a calma, disse:

– Confie em mim. Lá você vai estar muito mais segura. Além disso, quase todo mundo fala lingala na capital. Venha... – falou, pegando a menina pela mão.

Johana levou Mashala para uma das caminhonetes que tinham sido enviadas para resgatar as crianças. A mulher ao lado do motorista, que se havia apresentado como assistente social, é que ficaria encarregada de levar Mashala e mais três meninas para Kinshasa.

A pediatra, ao ver a cara de tristeza estampada no semblante de sua protegida, ficou, momentaneamente, sem palavras.

– Desejo toda a sorte do mundo para você! – despediu-se, com o coração apertado. E saiu sem olhar para trás. Em zonas de conflito, esses momentos eram sempre dolorosos para Johana. Decisões que, corretas ou não, tinham de ser tomadas num estalar de dedos.

"Pobre Congo...", refletiu a médica. O país, um dos mais ricos do continente em recursos minerais, tinha tudo para dar certo: uma extensa rede de rios navegáveis, madeira em abundância e terras férteis. Além de valiosas minas de ouro, diamante, cobre, urânio e zinco, também havia as famigeradas minas de cobalto, nas quais as crianças eram submetidas, sabidamente, ao trabalho escravo. Porém, apesar de tantas riquezas, o gigante africano era de uma pobreza impressionante. Arrasado por guerras civis que levaram a milhões de mortos, vítimas da violência, da fome e de uma série de doenças e epidemias devastadoras, como a cólera e o HIV/AIDS, o país colhia os frutos de seus erros. Daí o grande número de refugiados e crianças órfãs, como Mashala.

Mas os principais culpados pelo estado de calamidade do Congo, na opinião de Johana, eram os colonizadores belgas, que haviam ocupado e saqueado o país até a declaração da independência. O legado da chamada missão civilizatória da Bélgica deu no que deu: uma sucessão de governantes ditadores e uma corrupção incontrolável.

CAPÍTULO 2
O ORFANATO

XI

Mashala, assim que o carro entrou em Kinshasa, espantou-se com o tamanho da capital às margens do monumental rio Congo. A cidade, para sua frustração, não era como pensava. Achou tudo muito confuso, feio e desorganizado.

As ruas atulhadas de carros e de pessoas zanzando para cá e para lá, comprando, vendendo e expondo suas mercadorias nas calçadas, dominavam as áreas pobres de ponta a ponta. Preferia mil vezes, avaliou, a calma de sua aldeia natal. Os ambulantes, que pareciam apostar qual deles podia gritar mais alto, anunciavam seus produtos numa babel linguística. A maior parte dos comerciantes informais, que se intrometia perigosamente entre os veículos, era formada por centenas de mulheres equilibrando à cabeça bacias repletas de frutas, biscoitos e refrigerantes. Por todos os cantos e recantos, em meio à sonora balbúrdia, ouviam-se os ecos dos principais idiomas falados no país, além do francês: lingala, kikongo, tshiluba e swahili.

Surpreendeu-se, sobretudo, com as legiões de crianças e de mendigos batendo nos vidros das janelas fechadas dos carros, implorando por esmolas. Muitos dos pedintes, apoiados em muletas, eram ex-soldados que haviam perdido suas pernas em combates ou devido a explosões de minas terrestres.

"Como será o lugar para onde estão me levando?", preocupava-se Mashala, enquanto o motorista abria passagem entre a massa humana buzinando sem parar.

Ela foi a primeira a ser deixada em frente a um dos orfanatos. As outras garotas, pelo que entendeu, iriam para casas diferentes. A mulher que a recebeu no portão de grades altas, trajada com um vestido longo abotoado até o pescoço, pertencia a uma das inúmeras seitas que se haviam espalhado recentemente pelo país, pregando a salvação dos convertidos.

Mashala, logo de cara, não gostou de seu novo lar. Um casarão de tijolos cercado por muros altos, pixados e descascados. A senhora, que se apresentou como Madame Sara, levou-a ao dormitório e apontou uma das camas enfileiradas nos dois lados do comprido salão.

– É aqui que você vai dormir – disse a guardiã secamente, entregando-lhe um pedaço de sabão e uma toalha encardida.

Naquela noite, Mashala chorou pela primeira vez desde seu sequestro. Mesmo rodeada por outras crianças, nunca se sentira tão só na vida.

XII

Os dias sucediam-se lentamente. Mashala, entediada, não aguentava mais a rotina de fazer a cama, varrer o pátio, lavar roupas e rezar obrigatoriamente ao amanhecer, antes das refeições e também na hora de dormir. A comida era pouca e ruim. O colchão da cama, duro e desconfortável, dava-lhe saudade da esteira de palha trançada por sua mãe, na qual estava acostumada a se deitar no chão.

As funcionárias tratavam as internas com mão de ferro, submetendo-as a uma dura disciplina. Aos domingos eram conduzidas, em fila indiana, ao que diziam ser um templo. O lugar, na verdade, não passava de um modesto barracão, comandado por Kalumbu, um homem corpulento, metido num elegante terno, que se autodenominava profeta e que esgoelava sem parar.

No decorrer das longas pregações, entremeadas por cânticos e frenético bater de palmas dos fiéis, o pregador afirmava ter o dom da cura. De acordo com suas palavras, tudo de ruim que acontecia a um membro do seu rebanho, não importava o motivo, era atribuído à feitiçaria.

Nas regiões mais afastadas da capital, as acusadas de serem bruxas eram, na maioria dos casos, mulheres idosas e viúvas. Mas, em Kinshasa, a culpa recaía sempre nas crianças. Frequentemente, meninos e meninas eram curados pelas mãos de profetas fajutos mediante um generoso pagamento. Os pais que não podiam pagar a quantia estipulada, abandonavam ou expulsavam seus filhos de casa.

Esses deserdados, então, iam engrossar as hordas de milhares de menores que vagavam pelas ruas de Kinshasa, pedindo, drogando-se e roubando. A eles se juntavam também os meninos guerrilheiros resgatados pelas tropas governamentais. Trazidos para a capital, onde não conheciam ninguém, eram largados à própria sorte.

XIII

No final do primeiro mês de internação, Mashala despertou no meio da noite com um forte cheiro de fumaça.

– Fogo! Fogo! – gritavam as garotas em pânico.

Mashala, em meio à confusão geral, levantou-se às pressas e correu para o pátio com as colegas de quarto.

O vigia e os moradores das casas mais próximas, estabanados, acorreram, com baldes de água passados de mão em mão, tentando apagar o incêndio que consumia o telhado do dormitório. Não adiantou. A velha cobertura, abalada pelas labaredas, veio abaixo estrepitosamente.

Logo, em busca de um culpado, estourou uma discussão entre alunos e funcionários reunidos no refeitório.

– Só pode ter sido feitiçaria! Onde já se viu um fogo começar assim do nada! – bradava a furiosa Madame Sara.

– A culpa é da novata! – acusou uma das funcionárias, apontando para Mashala.

– Sim, olhem as marcas nos braços e nas pernas dela! – disse outra.

– E, além de tudo, ela mancava quando foi trazida pra cá! – ressaltou a diretora.

– Bruxa, bruxa! – puseram-se a gritar em coro as internas.

Mashala, por mais que jurasse inocência, foi agarrada e arrastada para um quartinho que servia como depósito, nos fundos do orfanato.

– Não fui eu! Juro! – protestava a menina, debatendo-se inutilmente.

– Vai ficar trancada até confessar que foi você que pôs fogo no dormitório! – bradou uma das carcereiras.

XIV

Quando a porta da cela abriu-se na manhã seguinte, Mashala, incomodada com a súbita luminosidade, levou as mãos ao rosto para proteger os olhos inchados de tanto chorar.

– Essa é a enfeitiçada! – disse Madame Sara para o homem corpulento ao seu lado, de calça social, camisa de mangas longas e uma vistosa gravata.

– Diga pra ela ficar em pé – pediu o visitante.

Mashala reconheceu na mesma hora o vulto que a encarava fixamente. Era o pregador de olhar hipnótico, que a deixava petrificada durante as sessões dominicais.

– Ficou surda! Levante-se! – zangou-se a mulher, erguendo a encarcerada bruscamente pelos braços.

Depois, exibindo-a como um troféu, arrematou:

– Eu não falei que ela tinha o corpo coberto de cicatrizes?

Kalumbu, gingando o corpanzil, se acercou, num passinho miúdo, da menina encolhida no fundo do quartinho.

– Sim, os sinais são evidentes – confirmou, depois de inspecioná-la de cima a baixo rapidamente.

– E não esqueça que ela era manca. Agora que está andando melhor – lembrou a diretora do orfanato.

– Hum, hum! – assentiu o homem.

– Além do mais, as internas haviam reclamado comigo que nas últimas noites escutaram passos estranhos no telhado – ressaltou a mulher.

– Essas criaturas são ardilosas. Algumas encolhem de tamanho e viajam pelos ares – explicou o sabichão, limpando, com um imaculado lenço branco, o suor que escorria em cascatas por seu rosto rechonchudo.

– Então só pode ter sido ela mesma que causou o incêndio! – exultou a diretora, esfregando as mãos de contentamento.

– Sim. Com certeza. Os olhos vermelhos dela não desmentem o que estou falando – assegurou o profeta. Depois, voltou-se para Mashala e a interrogou:

– Quem é você?

– Meu nome é Mashala – respondeu a menina com firmeza, encarando o agressor.

– Diga a verdade! Você é uma *ndoki*? – gritou ele, agarrando-a e sacudindo-a com força.

– Não!

– Não minta! – irritou-se o inquisidor. – Não pense que pode me enganar. Você é bruxa? – insistiu.

– Não! Já disse que não! – rebateu Mashala.

– Confesse que é bruxa para que eu possa tirar o mal que existe dentro de você!

– Não, não e não!

O acusador, irritado com as sucessivas negativas, mandou que Mashala se sentasse com as costas apoiadas na parede, mantendo as pernas e os braços esticados para a frente, com as palmas das mãos abertas, à altura do peito, como se estivesse orando.

– A garota tem de ficar nesta posição, vigiada dia e noite, sem comer nem beber – determinou o impostor.

– O senhor não vai acender uma vela e queimar a barriga da menina com pingos de cera quente, como costuma fazer com as outras crianças, pra desfazer o feitiço? – questionou a desnaturada Sara.

– Por enquanto, não. Deixe-a assim por hoje. Amanhã venho buscá-la pra levá-la ao templo. Quanto mais plateia tivermos, melhor.

"Melhor para os bolsos dele", segredou para si mesma a diretora, lembrando-se dos cestos passados durante os cultos, abarrotados com as contribuições de diversos valores doados pelos fiéis. Graças às contribuições de seu rebanho – e só não enxergava quem não queria –, Kalumbu enriquecia a olhos vistos com os milhares de francos congoleses arrecadados.

– Em que você está pensando, minha cara amiga? – quis saber o desconfiado espertalhão.

– Eu? Estava pensando em fazermos uma oração.

– Sim, oremos – concordou Kalumbu.

Os dois, em seguida, inclinaram a cabeça e, de mãos dadas, puseram-se a murmurar uma prece entre os lábios.

Mashala, aproveitando-se do momento de distração da dupla, deu um pulo e passou como um foguete por entre as pernas dos santarrões.

As internas que a viram em disparada pelo pátio, escalando o muro com uma agilidade inacreditável, juraram que Mashala tinha saído voando igual a uma bruxa. Não sabiam que, na hora do perigo, o medo dá asas aos que alçam voo em busca da liberdade.

CAPÍTULO 3

NAS RUAS DE KINSHASA

XV

Mashala, logo que pôs os pés na estreita calçada, foi engolida pela multidão ruidosa ao seu redor. Os carros e as pessoas circulando pelas ruas empoeiradas do bairro, num vaivém incessante até o anoitecer, movimentavam-se como se fossem um batalhão de formigas indo e voltando de um imenso formigueiro. A garota, aturdida, perdeu-se por entre as centenas de barracas e lojas dos comerciantes, admirada com a quantidade de mercadorias à venda.

Meninos e meninas da idade dela, malvestidos, pediam esmolas, lavavam os vidros de carros, engraxavam sapatos, anunciavam as saídas de caminhonetes repletas de passageiros, vendiam óculos e cintos no meio do trânsito caótico... Outros, agitados, com garrafas de plástico ao nariz, andavam de um lado para o outro, de olho nos transeuntes incautos.

Subitamente, uma senhora de cabelos brancos começou a pedir socorro:

– Ladrão, ladrão! – clamou, apontando para um garoto que fugia com a bolsa que acabara de arrancar dos braços dela.

Alguns homens tentaram perseguir o gatuno, mas logo desistiram. O moleque, sem medo de ser atropelado, enfiou-se no meio dos carros e, num abrir e fechar de olhos, sumiu de vista.

"Na minha aldeia uma criança jamais faria isso com um idoso", foi o primeiro pensamento que veio à cabeça de Mashala.

Sentiu o estômago roncar. Fazia horas que não se alimentava. O cheiro de comida vindo dos panelões que as mulheres preparavam em plena rua aumentava sua fome. Acabou parando em um grande mercado popular. Lá, viu um grupinho de meninas mendigando de tenda em tenda. Perdendo a timidez, resolveu imitá-las.

– Saia daqui! – diziam as comerciantes, em geral, com extrema rispidez, escorraçando-a como se fosse um cão sarnento.

No fim das contas, saiu com um punhado de bananas e mangas nas mãos.

Sem saber para onde ir, procurou um lugar mais afastado e tranquilo para comer em paz. O melhor espaço que encontrou foi atrás de um prédio inacabado. Cansada, sentou-se no chão do que devia ter sido uma praça para devorar as frutas. Minutos depois, as quatro garotas que havia visto no mercado aproximaram-se dela com cara de poucas amigas. A que devia ser uns três anos mais velha do que Mashala, alta e com um talho que descia da orelha à ponta do queixo, foi logo dizendo em lingala:

– O que você está fazendo em nosso território? Caia fora! Este lugar é nosso – esbravejou, apontando para uma pilha de manilhas enferrujadas no fundo do terreno.

– Desculpe, eu não sabia. Eu fugi hoje cedo de um orfanato e não tenho para onde ir.

– Você não tem parentes em Kinshasa?

– Não, sou do interior. Meu nome é Mashala. Não conheço ninguém aqui nem sei como voltar pra casa.

– Por que fugiu do abrigo? Lá pelo menos tem comida. Não precisaria passar fome como nós, que vivemos dos restos que nos dão.

– Disseram que eu era bruxa. E eu não sou.

– Então está em boa companhia, nós também fomos acusadas de sermos bruxas, e não somos. Quem foi que te disse isso?

– Um homem a quem todos chamavam de "profeta".

– Só podia ser. Que profeta, que nada. O negócio dele é dinheiro.

– Ele falou que ia derramar pingos de vela na minha barriga.

– Fazem coisas bem pior! – disse a líder da gangue, exibindo marcas de queimaduras esparramadas pelos braços. – Tá vendo? Foram feitas com um ferro em brasa. Aqui, todas nós temos uma história em comum de torturas e maus-tratos.

– Todas?

– Sim. Veja esta aqui – disse a chefe, pegando no braço da menina mais carrancuda e com jeitão de encrenqueira. – Ficou cega de um olho de tanto apanhar. Esta outra – continuou, puxando a que tinha uma aparência frágil e tossia a todo instante – ficou doente dos pulmões, depois que a prenderam num barraco alagado.

– E ela? – quis saber Mashala, apontando para a caçula do grupo.

– É quase surda, por causa de uma sessão de tapas que levou nos ouvidos durante um culto. É preciso falar bem alto com ela. Senão, a pequenina não escuta.

– Vocês são irmãs?

– Não. Somos irmãs de rua.

O diálogo, nessa hora, foi interrompido pela menorzinha do grupo. Dando um passo à frente, ela suplicou:

– Deixe-a ficar com a gente, Dinanga – intercedeu o pingo de gente, coçando a cabeça raspada.

A chefona, então, decidiu:

– Vamos votar! Quem é a favor de Mashala ficar conosco?

Como se tivessem combinado tudo previamente, as garotas levantaram as mãos de uma só vez, aprovando o ingresso de Mashala.

XVI

O grupo ao qual Mashala passou a pertencer, além de Dinanga, era formado por Bintu, a invocada que havia perdido a visão de um olho. Ai de quem a chamasse de "zarolha". Era briga na certa.

A de rosto macilento, dona de um olhar vazio, chamava-se Alongi. Devido à frágil saúde, arrastava-se com dificuldade atrás das amigas de infortúnio.

E, por último, a pequena e tímida Kitoko, jogada na rua aos oito anos pela madrasta.

Assim era o bando de meninas entre nove e catorze anos, que, além da pouca idade, tinha em comum uma vida de sofrimento e violência.

Passavam os dias vagando entre as barracas do animado Marché Central de Matongé ou, então, pelos labirintos do Marché de Valeur, mais conhecido pelos habitantes de Kinshasa por seu apelido: "Mercado dos ladrões". Ali, era possível encontrar qualquer coisa de que se precisasse, de procedência duvidosa, desde celulares até peças de automóveis e motocicletas.

Nos dias de sorte, ganhavam um dinheirinho extra carregando pesadas caixas de hortaliças. Faziam a festa com as poucas notas de francos que recebiam após uma manhã de trabalho. Nessas ocasiões, compravam até refrigerantes e doces. Mas, quando a fome apertava, não tinham outro jeito a não ser mendigar por um pedaço de pão. Ou mesmo roubar. Cada uma pegava o que podia e saía correndo em meio aos impropérios dos vendedores. Banhavam-se de roupa e tudo ao final das tardes, numa algazarra infantil, num canto do colossal curso de água que corria paralelo a Kinshasa. Depois, enquanto aguardavam as vestimentas secarem no próprio corpo, ficavam observando as primeiras luzes se acenderem, ao longe, na margem oposta. Do outro lado, Brazaville, a capital da República do Congo, separada da República Democrática do Congo pelo rio que dera o nome aos dois países. Tão perto, mas, ao mesmo tempo, tão distantes um do outro.

À noite, retornavam ao seu cantinho com os produtos que haviam conseguido comprar ou ganhar: frutas, ovos, peixe seco, farinha, feijão...

Cozinhavam os alimentos em latões, num fogão improvisado com três pedras a céu aberto. Dormiam, com os corpos encolhidos, dentro das manilhas forradas com papelão. Abandonadas ao léu, veladas pelas luzes das estrelas, do mesmo modo como tantas outras crianças espalhadas pelas calçadas, becos e vielas da grande metrópole.

XVII

Mashala, aos poucos, foi aprendendo a sobreviver nas ruas de Kinshasa. Cada bando de crianças tinha seu território, defendido com unhas e dentes. A lei que imperava nos guetos da capital era a do mais forte.

– Se você é fraca, os outros te engolem – ensinava Dinanga.

Os mais perigosos eram os *shegués*, gangues de adolescentes violentos, quase todos ex-combatentes mirins. Eles andavam armados e sobreviviam basicamente de assaltos.

– Evite as antigas linhas de trens – advertia Dinanga. – É lá que os *shegués* se reúnem e guardam os produtos roubados. Na maioria das vezes, celulares que trocam ou vendem para comprar drogas.

– Quem brinca com cães se levanta com pulgas – complementou Alongi, a mais sábia do grupo, que passava horas lendo os livros que encontrava largados no lixo.

As garotas viviam sempre em alerta. Não dava para confiar em ninguém. Nem mesmo na polícia. Quando os militares desciam das viaturas, geralmente, era para extorquir uma parte do lucro dos traficantes. Mashala aprendeu a evitar também os homens que se aproximavam das garotas oferecendo-lhes dinheiro.

– Cuidado com os que chegam de carro. Esses são os piores. Preferem menininhas como você e Kitoko – ensinava Dinanga.

Por essas e outras é que Mashala, arisca, passara a andar com um canivete. Um moleque ou um adulto mais atrevido que ousasse se aproximar dela com propostas indecorosas, mal sabia o risco que estava correndo. Logo criou fama de valente, de não ter medo de cara feia.

No entanto, por mais duronas que ela e as colegas aparentassem ser, não passavam de crianças. Às vezes, em busca de diversão, aventuravam-se pelos bairros e avenidas elegantes da capital. O passatempo favorito delas era se postar em frente às lojas que vendiam televisores ao longo do *boulevard* 30 de Junho. Mashala e Kitoko adoravam desenhos animados. Já Dinanga, Bintu e Alongi preferiam os números musicais. O chato é que nunca dava para ver um programa inteiro. Um guarda sempre aparecia para enxotá-las como se fossem moscas indesejáveis.

E assim iam vivendo...

CAPÍTULO 4

PERDAS

XVIII

Alongi, que amava ler, foi a primeira a partir para os braços de seus ancestrais. Numa manhã cinzenta, ao notarem que ela ainda não havia acordado, encontraram-na inerte, abraçada a um livro no interior da manilha que servira como sua última morada na terra que lhe fora tão ingrata. A tuberculose que consumira os pulmões da compulsiva leitora não tivera piedade de sua alma.

O pai, militar sediado num quartel da capital, foi quem a apresentou ao mundo maravilhoso da leitura. Sentada em seu colo, enquanto ele lia em voz alta na varanda que dava para as águas do Congo, viajava para lugares distantes, como se estivesse flutuando em um tapete voador.

– Nosso poderoso rio – gostava de contar o pai, repetindo as palavras do escritor Joseph Conrad[1] – parece uma cobra imensa. A cabeça voltada para o mar e a cauda perdida nas entranhas do país.

---

[1] Joseph Conrad (1857-1924) foi um escritor britânico, conhecido pelas obras *Lord Jim* e *O coração das trevas*. De origem polonesa, radicado na Inglaterra, foi considerado um dos mais importantes autores da língua inglesa.

Essa imagem do rio serpenteando terra adentro, que Alongi achava tão bonita, permaneceu para sempre em sua imaginação.

Um dia o pai saiu para lutar numa das incontáveis guerras travadas no país. Não voltou. Pisou numa mina e voou pelos ares em pedacinhos. A mãe, abalada com a perda do marido, faleceu meses depois de puro desgosto. O tio paterno, de olho na casa deixada pelo irmão num bairro de Kinshasa, inventou que Alongi tinha sido a culpada pela morte dos pais:

– Sempre desconfiei que ela fosse uma bruxa – alegara o ganancioso parente.

Numa noite em que o céu estremecia ao ribombar dos trovões, a tia teve pena da sobrinha e a livrou do cativeiro.

– Vá embora! – dissera a mulher, abrindo a portinhola do barraco.

– Pra onde? – perguntara Alongi, tremendo de frio. A roupa encharcada e enlameada, grudada ao corpo febril.

– Não sei. Problema seu.

Foi assim que ela se juntou ao grupinho de meninas que viviam pelas ruas. Pressentindo que seus dias estavam contados, dizia que não queria ser enterrada numa cova rasa. Nascida às margens do rio que cortava o vasto país, nele queria ser jogada. Era em seu seio profundo que desejava repousar para sempre.

As companheiras atenderam seu pedido. Esperaram a noite cair, envolveram o cadáver em sacos de estopas e saíram por entre as ruelas solitárias, carregando-o como se fosse uma procissão silenciosa. Ao chegarem a um cais desativado, encheram a mortalha com pedras e lançaram o corpo da amiga do modo que ela havia pedido, nas águas turvas e misteriosas do Congo.

XIX

A segunda a desfalcar o grupo foi Dinanga. Largada no corredor de um hospital, lutou o quanto pôde contra o vírus mortal que lhe fora transmitido. A líder destemida, de talho riscado na face e queimaduras gravadas na pele – "São minhas medalhas", orgulhava-se –, foi sepultada num cemitério de indigentes vitimados pela AIDS, que se alastrava como uma praga pelas ruas de Kinshasa.

Ela, que jamais abaixara a cabeça para ninguém e que se mantivera calada, mesmo sob torturas que a deixaram com cicatrizes indeléveis, acabou vencida pela inapelável doença.

– Da minha boca não saiu uma palavra, mesmo quando estavam me queimando – vangloriava-se, cheia de si, batendo no peito magro, pouco antes de morrer.

Nascera no interior. O pai era o ferreiro da aldeia. Uma profissão de prestígio entre seu povo. A mãe plantava hortaliças e vendia os produtos de sua horta nos barcos que vinham de Kinshasa. Nessas ocasiões, remava em uma estreita canoa em direção às embarcações ancoradas no meio do rio.

Tinham uma vida simples, porém, eram felizes. Até o dia em que a paz do lugarejo foi quebrada com as más notícias trazidas por um oficial do exército congolês.

– Recebemos ordens para evacuar os habitantes das localidades ribeirinhas dessa região, pois os rebeldes estão prestes a lançar um ataque – dissera o comandante da tropa desembarcada de um velho cargueiro.

A população, em pânico, aglomerou-se no pequeno cais carregando tudo o que podia levar. As pessoas atropelavam umas às outras no afã de embarcar, tanto que algumas caíram da rampa que dava acesso ao barco. A situação complicou-se ainda mais quando descobriram que não havia lugares suficientes para todas.

– Não cabe mais ninguém! – diziam os soldados, afastando as pessoas a coronhadas.

– Levem pelo menos as crianças maiores – pediu o chefe da comunidade, com receio de que elas fossem sequestradas pelos milicianos.

Foi desse modo que Dinanga, aos treze anos, embarcou rumo a Kinshasa, dormindo no chão do convés atulhado de refugiados atônitos com a brusca despedida de seus lares.

Dinanga, ao longo do lento percurso fluvial, como se não bastasse a ausência dos pais, sofria com o assédio dos marinheiros.

Um dos marujos rejeitados, por vingança, acusou-a de ter cometido um roubo a bordo.

– Crianças que viajam sozinhas são um perigo. Pelo jeito, deve ser uma *ndoki* – advertiu um passageiro, apresentando-se como profeta. – Se quiserem, posso dar um jeito nela – intrometeu-se, enquanto a garota era conduzida para o convés inferior.

Dinanga nem gostava de lembrar o que tinha passado nas mãos daquele homem. No entanto, não se dobrou. Nem mesmo quando teve os braços queimados com um ferro em brasa. A dor foi tanta, que desmaiou.

– Nunca vi uma menina tão rebelde assim. Agora sossegou. Sugiro que a encaminhem para um reformatório em Kinshasa – recomendou o impostor ao capitão do navio.

Encarcerada, como uma fera ferida, permaneceu o restante da viagem num porão sombrio. Só a deixaram subir ao ar livre no dia em que se aproximavam da capital.

Quando as luzes da cidade despontaram na boca da noite, Dinanga, apesar de estar com os braços enfaixados, subiu no parapeito da embarcação e, antes que a detivessem, mergulhou de cabeça no rio em que estava acostumada a nadar desde pequenina.

Em rápidas braçadas, alcançou a margem. Dali para as ruas foi um passo. Logo conheceu e assumiu a liderança de outras meninas. E, como líder, morreu.

#

Bintu foi a terceira a partir. Um carro em disparada a atingiu em cheio, quando vendia balas no meio de uma avenida movimentada.

Pertencia a uma segunda geração de meninas nascidas nas ruas. A mãe, após dar à luz em plena calçada, abandonou-a ao lado de um latão de lixo. Viveu de orfanato em orfanato, sem saber quem eram seus pais, até ser adotada aos dez anos por um casal que, na realidade, precisava de uma garota para auxiliar nos trabalhos domésticos.

O que a princípio parecia ser a esperança de uma vida melhor, acabou virando um pesadelo. Os patrões, por qualquer deslize que ela cometesse, a puniam com severidade. Uma xícara quebrada era motivo suficiente para que a cobrissem de tapas e xingamentos.

Quando a dona da casa caiu doente, devido a um ataque de malária, o patrão botou a culpa em Bintu. Depois, quando o cachorro que vigiava o quintal apareceu morto, cismaram que ela fora a culpada também.

O sumiço de um relógio foi a gota d'água. O pregador do templo que o casal frequentava, após embolsar o pagamento exigido para solucionar o paradeiro da joia, fez de tudo para que ela confessasse.

Não conseguiu. Por mais que batesse nela, não obtinha a confissão desejada.

Os pais adotivos, então, resolveram se desfazer da garota, devolvendo-a para as calçadas da cidade, onde vira a luz do sol pela primeira vez na vida.

Brigona, colecionou inimizades por onde andou. Demorou a se enturmar. Traumatizada, tinha vergonha do olho direito permanentemente fechado pelos socos que levou durante os interrogatórios. Quem a acolheu, substituindo a mãe que não tivera, fora Dinanga. E das ruas só saiu no dia em que seu corpo foi carregado num rabecão.

CAPÍTULO 5

UM SONHO DESFEITO EM CINZAS

XXI

Em menos de dois anos, do bando original só restou Kitoko. Mashala, de protegida, tornou-se então a protetora e responsável pela menininha de quem tanto gostava. Um dia, enquanto aguardavam o sinal de trânsito abrir, Mashala sentiu as unhas de Kitoko cravando-se em sua mão.

– O que foi?

– Está vendo aquele cartaz? – disse a pequena, olhando para os coloridos *outdoors* no outro lado da calçada.

– Qual deles? – perguntou Mashala, erguendo a vista para as propagandas de marcas de cigarros, bebidas e carros. Os painéis anunciavam também shows de bandas populares e a realização de grandiosas assembleias promovidas por pseudopregadores.

– O que tem um barbudo de braços abertos. É o homem que me torturou – balbuciou a garotinha.

Mashala, no mesmo instante, arrepiou-se toda ao identificar a figura inconfundível de Kalumbu.

— Tem certeza de que é a mesma pessoa? — perguntou, elevando o tom da voz como sempre fazia ao falar com a parceira, de modo que ela pudesse ouvi-la melhor.

— Sim, nunca me esqueci da cara dele. O que está escrito ali? — quis saber Kitoko, que não sabia ler.

As letras do cartaz, em tamanhos garrafais, tornaram a tarefa mais fácil para Mashala.

— Ele está convidando os fiéis para a inauguração da nova sede no próximo domingo.

— Onde?

— Perto do Estádio Municipal de Futebol.

— Não fica longe daqui — disse Kitoko.

— Que tal darmos uma olhada lá? — sugeriu Mashala.

— Pra quê? Já está escurecendo.

— Por curiosidade. Só isso. Vamos! O sinal abriu.

E lá se foram as duas, de mãos dadas, conversando sem parar.

Ao se aproximarem do Stade des Martyrs, na distante Avenida Des Huileries, já era noite. O colosso de cimento, com capacidade para oitenta mil espectadores, estava às escuras. Se fosse num dia de jogo de futebol, principalmente da seleção nacional, a região estaria movimentada e barulhenta, com milhares de fãs dos Leopardos agitando no ar as bandeiras, com as cores nacionais, azul, vermelho e amarelo.

Nas calçadas ao redor do estádio, observaram as meninas, garotos dormiam uns em cima das pernas dos outros, como se fossem uma ninhada de filhotes de ratos. Os chinelos, gastos de tanto andar, enfiados nas mãos para que não fossem roubados. Deitavam-se desse jeito, amontoados nos corpos uns dos outros, por questões estratégicas. Era uma das inúmeras formas que os meninos de Kinshasa tinham desenvolvido para se proteger. Caso alguém tocasse em um deles, todos acordavam.

XXII

A nova sede do profeta Kalumbu, prestes a ser inaugurada, suplantava as expectativas das meninas. Um cartaz colado no portão de entrada anunciava que o local podia abrigar mil pessoas sentadas. A edificação, toda de madeira, cercada por grades metálicas, dominava a esquina inteira de um dos bairros mais miseráveis da capital.

"Ele deve ter gastado uma fortuna para construir isso", calculou Mashala.

O vigia do lugar, ela observou, fumava, na maior tranquilidade, aboletado numa cadeira encostada à porta principal.

– Venha. Vamos dar a volta por trás – disse Mashala, ao ver que o guarda não percebera a presença delas.

Protegidas pela escuridão, não tiveram dificuldades em passar os corpos magros pelas grades de proteção.

As janelas de vidro permitiram que elas, nas pontas dos pés, vissem o interior do salão iluminado por uma série de lâmpadas. Um sinal claro de progresso, já que a antiga sede de Kalumbu não dispunha de luz elétrica. Cadeiras de plástico sobre o assoalho de tábuas envernizadas, novinhas em folha, complementavam o mobiliário. O amplo palco com cortinas de veludo vermelho, dotado de microfones e caixas de som, era prova evidente de que os lucros obtidos pelo profeta lhe haviam rendido bons frutos.

– Vamos embora – disse Mashala.

– Ui! – assustou-se Kitoko, dando um pulo, ao notar que pisara num líquido espalhado pelo chão.

– É gasolina – reconheceu Mashala. – Tá vazando daquele carro – falou, apontando para um veículo estacionado ao lado da porta dos fundos.

De repente, escutaram a voz do guarda bem próxima a elas.

– Fora daqui! – gritou ele, jogando no chão a guimba do cigarro que trazia entre os dedos.

Foi como se ele tivesse acendido o pavio de uma bomba incendiária. Uma língua de fogo, feito uma cobra flamejante, logo se alastrou pelo terreno encharcado em direção ao tanque de gasolina do veículo.

– Corre! – berrou Mashala, puxando Kitoko. – O carro vai explodir!

As duas garotas, assim que dispararam numa correria desenfreada, escutaram o estrondo ensurdecedor do carro voando em pedaços.

Assustadas, abrigaram-se atrás de um poste no outro lado da calçada. E ali ficaram assistindo às chamas apossarem-se do madeirame, consumindo tudo que encontravam pela frente.

O vigia, atordoado pelo efeito da explosão, saiu cambaleando em busca de ajuda.

O corpo de bombeiros de Kinshasa, uma cidade com cerca de vinte milhões de habitantes, custou a atender ao chamado de urgência. Quando as primeiras viaturas apareceram, os brigadistas nem precisaram desenrolar as mangueiras. A faraônica edificação havia se transformado num mar de cinzas. Apenas as vigas calcinadas pelo fogo teimavam em ficar de pé. Nada mais.

O ruído das sirenes não tardou a ser substituído por uivos que lembravam os sons emitidos por um chacal esfomeado. Os ganidos, contudo, não provinham de um animal, e sim da garganta de Kalumbu. O charlatão, que acabara de descer de um táxi, de braços erguidos como se estivesse implorando a misericórdia divina, urrava aos quatro ventos lamentando o prejuízo.

A construção, erguida com o dinheiro obtido graças a uma série de trapaças e torpezas, ruíra de vez, sepultando seus sonhos de grandeza.

CAPÍTULO 6

A FORÇA DAS MULHERES

XXIII

Os anos passaram depressa. Voando. Até demais. Mashala perdera a conta do tempo em que estava nas ruas. Quando se olhava no vidro do retrovisor arrancado de um carro depenado, que usava como espelho para pentear o cabelo, percebia que seu corpo ganhava a cada dia novos contornos. Kitoko, por sua vez, crescera bastante também. As duas, como se fossem irmãs siamesas, continuavam grudadas uma na outra, vivendo de bicos, após terem feito amizade com um grupo de vendedoras de pescados no cais à beira do rio, deixando a vida de pequenos furtos para trás.

Era desse porto que partiam as grandes embarcações rumo ao coração do Congo, com centenas de passageiros a bordo. Verdadeiros mercados flutuantes, onde se vendia e se comprava de tudo, em longos percursos que, dependendo das condições climáticas, podiam durar até um mês.

– Minha mãe trabalhava num desses barcos – revelou Kitoko, acompanhando com o olhar um dos navios que acabara de sair. – Ela comprava roupas usadas em Kinshasa e saía vendendo rio abaixo, até Kisangani. Só me levou uma vez junto com ela. Mas até hoje nunca me esqueci dessa viagem. Tanto que ainda me recordo das vozes dos pescadores que, lutando contra as correntezas, vinham remando em nossa direção – rememorou, cantarolando o refrão que os homens entoavam, incentivando uns aos outros: *"Luka! Luka!"* (Remem! Remem!).

– Sim, eu me lembro dessa canção, pois minha aldeia ficava perto do rio – entusiasmou-se Mashala, emendando com outro pedacinho da música: *"Olelê moliba makasí"* (A correnteza está muito forte, muito forte).

– Isso mesmo – alegrou-se Kitoko, marcando o ritmo com palmas compassadas.

Mashala, assim que pararam de cantar, quis saber da amiga:

– A sua mãe vendia as roupas dentro do barco?

– Também. Porém, preferia negociar nas aldeias isoladas onde parava. Os habitantes vinham em canoas, como se estivessem indo a um supermercado. Traziam frutas, hortaliças, peixes, galinhas e carnes defumadas para trocar por sal, açúcar, barras de sabão, remédios etc. Essa era uma rara oportunidade que tinham para vender seus produtos e comprar o que precisavam.

– Deve ter sido uma experiência e tanto pra você.

– Sim, mas cansativa demais. Foi numa dessas idas e vindas que a minha mãe adoeceu. Não durou muito. Meu pai tornou a se casar, e o resto você já sabe. Minha madrasta, só porque não gostava de mim, disse que eu era uma *ndoki*. Em seguida, me levou para um ritual comandado por Kalumbu. Lá, levei uma surra do profeta que me deixou praticamente surda.

– Se a sua madrasta tivesse pagado o que ele queria, você não teria apanhado tanto. É assim que as coisas funcionam – disse Mashala, repetindo o que Dinanga havia lhe ensinado.

Kitoko não respondeu. Imersa em seus pensamentos, quedou-se calada, observando a passagem do barco que lhe trouxera tantas lembranças, até a embarcação desaparecer na curva do volumoso rio.

XXIV

Mashala e Kitoko, quando não estavam ajudando as quitandeiras a destripar os peixes trazidos pelos pescadores, ficavam perambulando no centro da capital. A diversão predileta ainda era assistir aos programas exibidos nas televisões de uma loja próxima ao Banco Central do Congo. Perto dali, mulheres sentadas em tamboretes nas calçadas trabalhavam como cambistas, manipulando grossos maços de notas nas mãos.

O canal preferido de Mashala, agora, era o noticiário do fim da tarde transmitido pela rede de Rádio e Televisão Nacional Congolesa, a RTNC. Fizesse sol ou chuva, lá estava a mocinha atenta às notícias. Adquirira esse hábito desde o dia em que, por acaso, vira uma matéria mostrando meninos-soldados que haviam sido resgatados pelas tropas governamentais.

– Quem sabe um dia também não exibem meu irmão chegando a Kinshasa? – dizia para Kitoko, que não se conformava com sua preferência pelo programa.

Kitoko só prestou atenção mesmo nos noticiários no dia em que o canal de televisão dedicou boa parte da programação ao prêmio Nobel da Paz de 2018, concedido pela primeira vez a um congolês, o médico Denis Mukwege.

– O que é um Nobel da Paz? – perguntou para a amiga.

– Não sei. Mas deve ser alguma coisa importante – respondeu Mashala.

E assim os dias iam correndo.

Os empregados da loja, acostumados com a presença constante das jovenzinhas, já não as espantavam mais.

– Deixem-nas em paz! – ordenara Madame Boboto, a proprietária do estabelecimento, para seus funcionários, ao tomar conhecimento da história.

Madame Boboto era uma mulher generosa. Tinha três filhas quase da idade das garotas. Por ser mãe, não se conformava com o destino das crianças que viviam perambulando pelas ruas.

Certo dia, após ter obtido a confiança das meninas, aproximou-se delas e sugeriu:

– Por que vocês não procuram a capitã Bitumbi?

– Capitã? Eu nem sabia que havia mulheres oficiais. De qualquer modo, não queremos nada com policiais. Já cansei de fugir deles para não ser espancada – respondeu Mashala.

– Ela é especial. Chefia a unidade de proteção a menores, combate a violência sexual e faz um trabalho maravilhoso com as mulheres refugiadas e as crianças resgatadas das rua.

– Nunca ouvi falar! – disse Kitoko, entrando na conversa.

– Se quiserem, eu posso levar vocês até lá. Tenho certeza de que vão gostar dela.

Madame Boboto tanto insistiu, que, dias depois, movidas pela curiosidade, Mashala e Kitoko resolveram aceitar o convite.

No dia combinado, ao final do expediente, Madame Boboto chamou as meninas, que a esperavam do lado de fora da loja, e fez sinal para um táxi. O motorista, pelo modo como torceu o pescoço assim que as duas passageiras malvestidas se acomodaram no banco traseiro, não gostou nada do que viu.

– O que foi? – questionou a comerciante, sentada ao lado do condutor, encarando-o com firmeza.

– Nada, nada – disfarçou o taxista, dando partida no veículo.

XXV

A capitã Bitumbi, uma quarentona de fala mansa, apertada num uniforme pequeno para o seu tamanho avantajado, era uma policial determinada. Quando o Governo, pressionado por uma série de denúncias, anunciou que iria criar uma unidade especial de proteção a menores e de combate à violência contra as mulheres, ela foi uma das primeiras militares a se candidatar a uma vaga.

Conseguiu. A partir de então, não tinha um dia em que não se deparasse com um caso parecido ao de Mashala e Kitoko. De acordo com um recenseamento, cerca de trinta mil menores ou mais moravam nas ruas de Kinshasa. Um número que crescia assustadoramente a cada ano.

– Deve ser um recorde mundial – comentou a capitã com Madame Boboto, enquanto as duas garotas aguardavam na sala de entrada.

– Muito triste mesmo – concordou a dona da loja. – Eu não sei como alguns pais acreditam que um filho ou filha possam ser bruxos.

– Eles se esquecem de que a criança é como uma árvore. Se cuidarem bem dela, aproveitarão sua sombra mais tarde – disse a militar.

– É muita maldade! – desabafou a comerciante, retorcendo as mãos uma na outra.

A oficial, enquanto pensava no que responder, tirou o quepe da cabeça e colocou-o ao lado do telefone, em cima de sua mesa de trabalho. Depois, prosseguiu como se estivesse dando uma aula:

– Em quase todos os relatos de crianças tidas como bruxas, iguais às jovens que você me trouxe, elas são expulsas de casa por madrastas ou padrastos, que se aproveitam de qualquer argumento para se livrar de filhos não biológicos. Não importa a razão. Seja doença, morte de um parente, problemas financeiros ou conjugais.

– Mas, a meu ver, o que está por trás disso tudo é a miséria em que essa gente vive – ponderou Madame Boboto.

– E o que está na moda há alguns anos em nosso país, infelizmente, é acusar meninos e meninas de bruxaria. E sabe quem são os maiores culpados dessas barbaridades? – perguntou a capitã.

Antes que Madame Boboto pudesse responder, a militar mesmo denunciou:

— Esse monte de falsas igrejas e falsos profetas que brotam feito cogumelos venenosos nas comunidades mais pobres de Kinshasa! E não é só aqui na capital, não. Em várias cidades, como Kisangani, Goma, Bukavu, Kalemie e Matadi, o panorama é idêntico. Eu, se pudesse, fechava todas elas! – exaltou-se a capitã, dando um murro na mesa.

— Você está certa – concordou Madame Boboto. – Hoje em dia qualquer cidadão, sem formação alguma, veste um terno e abre verdadeiras arapucas.

A capitã, que não perdia uma oportunidade para emitir suas críticas, emendou:

— Alguns desses malandros estão milionários. Os mais famosos chegam a se apresentar, veja só, em estádios de futebol superlotados. Tudo com a conivência de nossos políticos. São eles que torturam e mutilam crianças em sessões de exorcismo para salvá-las da sina de bruxas.

A dona da loja, consultando o relógio de pulso, concordou outra vez com a policial.

— Quem eles pensam que são pra julgar e condenar os filhos dos outros? Deuses? Na cultura tradicional do povo congolês, assim como em todo o continente africano, as crianças são consideradas uma bênção dos céus!

— Elas são a recompensa que a vida nos dá – elogiou a capitã Bitumbi, citando um dos provérbios que empregava habitualmente para enriquecer suas palestras.

— Bom, tenho de pegar as minhas meninas na escola. O que a senhora pode fazer por Mashala e Kitoko? – quis saber Madame

Boboto. – Tenho conversado muito com elas ultimamente. Cada uma tem uma história mais sofrida do que a outra. A menor, Kitoko, foi jogada na sarjeta pela segunda esposa de seu pai. E Mashala, a mais velha, como eu lhe disse, foi sequestrada por guerrilheiros. Elas não sabem exatamente a idade que têm, mas devem ter entre doze e quinze anos.

– Um quadro bem comum. Essa é a herança que recebemos após tantos anos de conflitos e desmandos praticados por nossa elite – analisou a capitã.

Madame Boboto, antes de se levantar, lançou mão de um derradeiro argumento:

– Ah, e tem um dado positivo a favor delas! As duas me confessaram que não usam drogas nem caíram na prostituição – segredou, abaixando o tom da voz.

– Por enquanto – interrompeu a oficial. – Daí a necessidade de tirá-las das ruas o quanto antes.

A superiora, em seguida, virou-se para o soldado que permanecera o tempo inteiro de pé ao seu lado, em posição de sentido, e ordenou:

– Diga para as duas garotas entrarem.

O guarda bateu continência, saiu e voltou logo depois de mãos vazias:

– As meninas fugiram!

XXVI

Mashala e Kitoko, enquanto se afastavam da delegacia, discutiam em voz alta se tinham tomado a melhor decisão ou não.

— Pensando bem, eu acho que a gente deveria ter esperado mais um pouquinho – argumentou Kitoko.

— Mas foi você que insistiu pra irmos embora. Por mim, eu preferia ficar.

— É que fiquei com medo dos guardas – choramingou a menina. – Coitada da Madame Boboto. Tão boazinha.

— Agora não adianta reclamar. O que está feito, está feito. Pronto! Acabou! – irritou-se Mashala, perdendo a paciência. – O pior é que nem sei em que parte da cidade estamos. E andar de noite por zonas desconhecidas é perigoso.

Desorientadas, foram parar nas imediações de um cemitério abandonado. Um dos lugares de que a falecida Dinanga dissera para elas manterem distância. Os túmulos depredados serviam sabidamente de refúgio para os *shegués*. Era entre as sepulturas que eles dormiam, comiam, consumiam drogas e repartiam os produtos de seus roubos.

— Vamos sair daqui – disse Mashala.

Mal ela falou, um grupo de *shegués* surgiu repentinamente das sombras, como se fosse uma legião de mortos-vivos.

— O que as franguinhas estão fazendo por aqui. Passeando? – riu o que parecia ser o chefe da quadrilha.

Mashala não conversou. Protegendo Kitoko às suas costas, puxou o canivete, pronta para o que desse e viesse.

Os rapazes, armados com porretes e correntes, fizeram um semicírculo em torno das meninas, imprensando-as contra o muro do cemitério.

— Ai que medo! – debochou um deles, fazendo uma careta.

Outro, sem tirar o cigarro fedorento que trazia aos lábios, alardeou:

— Tenho corpo de inseto, cara de tartaruga e rugido de leão.

Nisso, uma voz enérgica ressoou na escuridão:

— Afastem-se das meninas!

Mashala estremeceu ao ouvir o timbre inconfundível. Só podia ser Musimba. Certeza logo confirmada, assim que o moço apareceu em meio às árvores que circundavam o cemitério.

Quase não o reconheceu. Rosto sério. O bigodinho ralo comprovava que há muito deixara de ser criança.

— Musimba! — exclamou Mashala.

O recém-chegado, estupefato, custava a crer no que seus olhos tinham acabado de ver. O impacto foi tão grande, que ficara sem ação.

— Conhece essa garota? — questionou um dos *shegués*.

— Sim, ela é minha irmã.

— Você tá de brincadeira com a gente!

— Estou falando sério. Quem encostar a mão nela vai se dar mal — ameaçou, colocando a mão no cabo do punhal enfiado no cinto da calça.

— Tá bom, comandante. Calma, calma...

— Onde vocês moram? — perguntou Musimba.

— Lá pras bandas do Mercado Central de Matongé — respondeu a perplexa Mashala, esforçando-se para não correr e abraçar o irmão, como sempre sonhara em fazer um dia.

– Eu levo vocês. Vamos embora – disse ele, num tom autoritário, como se ainda estivesse liderando o pelotão de Mai-Mai que havia sido dizimado pelas tropas governamentais.

XXVII

– É aqui que vocês moram? – perguntou Musimba, quando chegaram ao terreno baldio, inspecionando, com um olhar desconfiado, o esconderijo das garotas.

– Sim – respondeu Mashala. – Venha. Vou preparar alguma coisa pra gente comer.

Os três jovens, depois que Mashala e Kitoko pegaram as tralhas e mantimentos guardados dentro das manilhas, sentaram-se lado a lado no chão.

– Quem começa primeiro a falar? Eu ou você? – provocou Mashala.

Musimba não gostava de comentar sobre sua vida. Mas, para a irmã que não via há tantos anos, teve de escancarar o coração.

– Na noite em que você sumiu, os guerrilheiros que nos capturaram, apesar de sofrerem muitas baixas, conseguiram repelir o ataque dos soldados. Para compensar a perda dos combatentes, pilharam outras aldeias para recompor a tropa. Depois, fomos para um acampamento que eles usavam para treinar os novos recrutas. Um aprendizado brutal, que nem gosto de me lembrar. Lá, aprendemos a atirar e a matar. Só a partir daí é que passei a ser considerado um Mai-Mai – contou ele, sem se mostrar nem um pouco arrependido.

— Você... teve... de matar alguém?... — gaguejou Mashala, sem acreditar no que acabara de ouvir. Logo o irmão, que nem gostava de caçar passarinhos.

— Tive — afirmou ele, balançando a cabeça. — Era matar ou morrer. Pra cada um que eu abatia, riscava uma marca com a ponta da faca na coronha da minha AK-47. No começo foi difícil, mas, com o passar dos anos, me acostumei. Tanto que, tempos mais tarde, assumi a liderança do nosso grupo de Mai-Mai.

Musimba, antes de continuar o retrospecto da vida que levara na guerrilha, permaneceu mudo, como se estivesse tentando rebuscar no fundo da memória fatos que preferia esquecer.

— Você se lembra de Onkoko? — perguntou, após uma breve pausa.

— Sim — disse a irmã. — Era o seu melhor amigo.

— Morreu ao meu lado durante um combate. Eu mesmo o enterrei à sombra de um baobá. O mais doloroso era que não tínhamos o direito de lamentar a perda de um companheiro. Nosso comandante dizia que choro era sinal de fraqueza. Além disso, éramos obrigados a cortar todos os laços com o passado, não podíamos sequer falar sobre a família que havíamos deixado para trás. Foi dessa maneira que me tornei adulto antes do tempo. Era assim. Lutávamos como soldados e morríamos como crianças.

— Ai, que triste. Eu gostava tanto dele.

— Eu também. Não é fácil perder um companheiro — lamentou o irmão.

— E como você veio parar na capital? — quis saber Mashala, mudando de assunto.

– Num caminhão de prisioneiros. Tivemos sorte, pois caímos nas mãos dos capacetes azuis. Foram eles que nos levaram para um campo de detenção provisório nos arredores de Kinshasa. Lá, funcionários congoleses disseram que iríamos estudar e aprender uma profissão para sermos reintegrados à sociedade. Promessas nunca cumpridas. Cansado de esperar pelas tais oportunidades, não tive dificuldade em fugir. Fiz um buraco embaixo da cerca de arame farpado e pronto. A única alternativa que me restou, então, foi a de me incorporar aos *shegués*. Nos primeiros dias, eu recebia ordens de um rapaz mais velho, metido a valentão. Mas, hoje em dia, eu é que mando neles.

– E nossos pais? Sabe onde estão?

– Não – foi a lacônica resposta.

– Será que estão vivos?

– Pode ser... – tornou a dizer Musimba. Na verdade, ele sabia que os habitantes da aldeia onde nasceram haviam sido executados, mas não quis contar o que realmente tinha acontecido para a irmã.

Mashala não era boba. O silêncio do irmão falava por si só. Para disfarçar as lágrimas, pôs-se a descascar cebolas.

– E você? Agora é a sua vez de me contar o que a trouxe pra Kinshasa – perguntou Musimba.

Ao mesmo tempo que ia remexendo com uma colher de pau a sopa de cabeças de peixes secos que estava cozinhando, a garota desfiou a sua longa história.

– Bruxa? – admirou-se ele, ao final do relato. – Só se for porque você dorme dentro de uma tubulação – brincou, sorrindo pela primeira vez.

– Olha quem tá falando. Melhor do que morar num cemitério.

A conversa prosseguia animada, quando uma série de luzinhas varreu o espaço do solitário lote.

– Polícia! – alertou Musimba, ao vislumbrar um punhado de silhuetas uniformizadas aproximando-se com lanternas nas mãos.

Depois, adotando uma tática de combate na selva, rolou pelo chão, ocultando-se por entre as manilhas.

XXVIII

Os soldados que invadiram o refúgio, precipitando-se sobre as duas jovens, eram comandados pela capitã Bitumbi.

– Por que vocês fugiram da delegacia? – interrogou a policial, enquanto os guardas revistavam os encanamentos em busca de drogas, armas ou aparelhos eletrônicos roubados.

– Tá tudo limpo – disse um deles ao final da busca.

– Nós não somos ladras! – protestou Mashala.

– Nem traficantes! – emendou Kitoko.

A capitã Bitumbi, abaixando o facho da lanterna, respondeu no tom de voz macio de sempre:

– Eu só queria comprovar o testemunho de Madame Boboto. Foi ela quem me revelou onde vocês moram. Quer dizer, os canos em que se escondem.

– Vai nos prender? – balbuciou a amedrontada Kitoko.

– Não. Eu tenho uma proposta melhor.

– Qual? – questionou Mashala.

– Levá-las para uma casa de acolhimento de menores de verdade.

– Não adianta vir com essa conversa pra cima de mim – retrucou Mashala. – Eu sei muito bem como funcionam esses orfanatos.

– Essa instituição não tem nada a ver com o monte de depósitos que existem por aí. Fui eu que a criei, com a doação de comerciantes e organizações estrangeiras. Serve de lar para senhoras viúvas que perderam seus maridos e filhos nas guerras. Lá, elas cuidam das meninas internas como se fossem suas próprias filhas.

Nisso, uma barulheira despertou a atenção de todos. Logo depois, três policiais apareceram arrastando Musimba pelo chão.

– Veja quem achamos escondido atrás das manilhas – informou o que tinha divisas de sargento.

– Foi um custo para dominá-lo – disse o segundo militar.

– Esse bandido é forte que nem um leão! – acrescentou o terceiro soldado.

– Eu não sou bandido, me fizeram bandido! – foi a resposta que o orgulhoso *shegué* deu.

– Por favor, não o machuquem! – rogou Mashala.

– Você sabe quem é esse rapaz? – quis saber a capitã.

– Meu irmão.

– Seu irmão!?

— Sim, acabamos de nos reencontrar. Fazia muitos anos que não nos víamos. A última vez que estive com ele foi na noite em que fugi de nossos sequestradores.

— Ah, então você é parente do famoso Musimba. Esse *shegué* é um antigo conhecido da polícia. A sua ficha criminal é tão extensa, que nem tem mais espaço para registrar a série de roubos cometidos por ele e a gangue que lidera.

Musimba, nesse instante, mesmo imobilizado, intercedeu a favor da irmã:

— Ela está dizendo a verdade, capitã. Foi por acaso que nos esbarramos perto do cemitério.

— Que coincidência os dois se encontrarem em plena noite, assim, sem mais nem menos, numa cidade com milhões de habitantes — ironizou a oficial.

— Eu juro. Palavra de *shegué*! — insistiu Musimba. — Eu não tenho nada a perder. Escutei o que vocês estavam conversando e acho que as meninas devem aceitar a sua oferta. A rua não é lugar pra elas ficarem. Eu sei melhor do que ninguém como é essa vida. Já ouvi falar da casa que a senhora fundou. E ficaria contente se as duas fossem pra lá. Elas merecem a chance que eu não tive. Não me importo com a minha sorte, ela já está selada.

A capitã Bitumbi, impressionada com a sinceridade do *shegué*, propôs:

— Muito bem. Você me convenceu de que não está mentindo. Vamos fazer um trato. Se a sua irmã e a amiga dela concordarem em vir comigo, eu deixo você ir embora.

Mashala, indecisa, manteve-se em silêncio, sem saber o que fazer.

– E então? – questionou a oficial com as mãos nos largos quadris, deixando a pergunta no ar.

EPÍLOGO

Foi uma decisão difícil para Mashala, tamanha a dor sofrida na hora em que se despediu de Musimba, sem saber se veria o irmão outra vez.

Mas faria tudo de novo para evitar que ele fosse preso. O *shegué* não era passarinho para viver trancafiado numa gaiola. As ruas de Kinshasa eram o seu lar. Pertencia a elas, do mesmo modo que as estrelas pertencem ao céu.

A casa de acolhimento em que Mashala viveu até os dezoito anos lhe deu régua e compasso para enfrentar novos desafios. Ela, que havia sido responsável por si mesma desde os onze anos, teve o carinho que a vida lhe negara até então. As senhoras amparadas pela instituição a adotaram como a uma filha, assumindo o papel da mãe que perdera tão cedo.

Com o apoio da capitã Bitumbi e de Madame Boboto, teve a oportunidade de estudar. Formou-se em enfermagem e hoje trabalha numa ONG de proteção a menores. Sonha em tirá-los da marginalidade. Uma tarefa quase impossível. Mas acredita que um dia não haverá mais crianças abandonadas no país em que nasceu. Embora não se considere melhor do que ninguém, tem a força e a perseverança da mulher africana.

Quanto a Musimba, por mais que o procurasse, jamais teve notícias dele. Desapareceu tal qual um cometa, daqueles que cruzam o céu numa velocidade vertiginosa antes de mergulharem na imensidão do espaço.

Alguns contam que morreu. Outros, que continua vagando pelos cemitérios como um espírito imortal. Tornou-se lenda. Virou letra de música. Sua história, exaltada nos versos dos cantores de *rap* congoleses, ecoa como símbolo dos oprimidos pelos becos e vielas mais obscuros da enorme e desigual cidade.

Ah, e Kitoko? Casou-se e foi morar no interior. Adivinhem o nome que ela deu à sua primeira filha? Mashala!

Rua Botucatu, 171 – Vila Clementino
04023-060 – São Paulo – SP (Brasil)
Tel.: (11) 2125-3575
http://www.sabereseletras.com.br – editora@sabereseletras.com.br
Telemarketing e SAC: 0800-7010081